国家出版基金项目
NATIONAL PUBLICATION FOUNDATION

东北流亡文学史料与研究丛书·作品卷

我的家在黑龙江

高 兰 著

北方联合出版传媒(集团)股份有限公司
春风文艺出版社
·沈 阳·

主　　编　张福贵
作品卷主编　滕贞甫

图书在版编目（CIP）数据

我的家在黑龙江 / 高兰著 . —沈阳：春风文艺出
版社，2020.6（2024.1重印）
（东北流亡文学史料与研究丛书）
ISBN 978 - 7 - 5313 - 5817 - 6

Ⅰ. ①我… Ⅱ. ①高… Ⅲ. ①诗集 — 中国 — 当代
Ⅳ. ①I227

中国版本图书馆 CIP 数据核字（2020）第 103725 号

北方联合出版传媒（集团）股份有限公司
春风文艺出版社出版发行
沈阳市和平区十一纬路 25 号　邮编：110003
河北浩润印刷有限公司印刷

责任编辑：姚宏越　刘　维　　　责任校对：曾　璐
封面设计：马寄萍　　　　　　　幅面尺寸：155mm × 230mm
字　　数：140 千字　　　　　　印　　张：10
版　　次：2020 年 6 月第 1 版　印　　次：2024 年 1 月第 2 次
书　　号：ISBN 978-7-5313-5817-6
定　　价：49.80 元

目　录

是时候了，我的同胞 ……………………………………… 001

起来吧，中华民族的儿女 …………………………………… 004

我们的祭礼 ……………………………………………… 006

吊"天照应" ……………………………………………… 010

给姑娘们 …………………………………………………… 014

请放下吧，你那支笔 ……………………………………… 019

展开我们的朗诵诗歌 ……………………………………… 021

缝 衣 曲 …………………………………………………… 025

我们的天堂 ………………………………………………… 030

武汉，你祖国的心脏 ……………………………………… 032

鸡公山，你多么年轻 ……………………………………… 036

我的家在黑龙江 …………………………………………… 039

致日本的劳苦大众战斗员 ………………………………… 052

咱们，立下最后的誓言 …………………………………… 057

迎一九三九 ………………………………………………… 062

夜　行 ……………………………………………………… 065

山 岗 上 …………………………………………………… 068

十　年 ……………………………………………………… 070

冬天来了 …………………………………………………… 080

嘉陵江之歌 ………………………………………………… 085

哭亡女苏菲 ···090

送 别 曲 ···096

初 冬 ···098

这不是流泪的日子 ·····························100

我的生活，好！好！好！ ·····················102

用和平的力量，推动地球前进 ···············108

向北京，颂英雄 ·································116

鸭绿江上红旗飘 ·································121

让生命发出声响 ·································123

向工农兵劳模致敬 ·····························129

英雄的朝鲜，让我向你高歌 ···············136

寄 埃 及 ···142

迎佳节，思北京 ·································145

致科技朋友 ·······································148

题远方寄来的萧红卡片 ·····················151

是时候了，我的同胞

是时候了，我的同胞！
敌人的飞机大炮，
又大举屠杀我们来了！
我们早已是要炸裂的火药，
还禁得住这样的燃烧？
爆炸！
爆炸！
爆炸了吧！
一切不愿做亡国奴的人哟！
假如你还不曾把耻辱忘掉，
假如你还不想再做苟且偷生的脓包，
是时候了，我的同胞！

是时候了，我的同胞！
古老的边城发出它最后的悲啸，
久蛰的长城也开始蠕动起来了，
狼烟！狼烟冲上了云霄，
我们是烽火，我们是燎原的火苗，
烧哇！
烧哇！

烧起来吧!
在火与血中把光明创造,
争取自由解放的最后一着!
是时候了,我的同胞!

是时候了,我的同胞!
人在怒吼,
马在嘶叫,
苍天在旋转,
大地在狂啸,
子弹在枪膛跳跃,
大刀在手中咆哮,
　　　　杀呀!
　　杀呀!
　　杀掉了吧!
这群要毁灭我们的强盗,
血的债只有用血来偿,
对于侵略者还有什么容饶?
是时候了,我的同胞!

是时候了,我的同胞!
宛平城已响起了第一声军号,
抗战救亡雪耻复仇全在今朝,
卢沟桥是我们的战壕,
卢沟桥是我们的前哨,
反守为攻更是我们的新战略,
　　　　冲啊!
　　冲啊!

冲过去呀!

白山黑水才是我们最后的目标。

是时候了,我的同胞!

一九三七年七月

起来吧，中华民族的儿女

起来吧，中华民族的儿女！
　还有什么迟疑?
　全国都翱翔着敌人的飞机，
　到处都奔腾着敌人的铁蹄，
　假如六年来的耻辱你还不曾忘记，
　假如你更不愿做亡国的奴隶。

起来吧，中华民族的儿女！
　地无分南北东西
　人不论老幼男女
　还分什么汉满蒙回藏，
　我们都是中华民族的儿女！

用战争回答战争！
予打击者以打击！
为了全民族的自由与解放，
为了全人类的真理和正义。
我们要赶走凶恶的强敌，
我们要粉碎日本帝国主义，
我们要收回一切的失地，

我们更需要打回老家去。

起来！

起来！

起来！

中华民族的儿女！

参加这神圣的战争，

推动这光明的壮举。

不挠不屈，

誓死拼到底，

最后的胜利是我们的。

起来吧，中华民族的儿女！

我们的祭礼

今天是你的一周年！

鲁迅！你"旷野呐喊者的声音"[①]。

鲁迅！你"与热泪俱下的皮鞭"[②]。

你曾以你的血哺乳了我们，

教育了我们四万万五千万，

今天是你的一周年！

没有一朵鲜花配放在你的墓前，

更没有一席丰美的时馐之奠

使我们对于你的敬爱、崇仰、哀悼

得以充分地表现，

从去年的十月十八日一直有多少天。

虽然我们不敢忘掉

你那宝贵的珍言；

虽然我们含着泪

望着那遥远的天边；

虽然我们也时刻地

---

① 内山完造语。

② 鲁迅的遗言。

在你的墓前流连；
虽然我们也努力地
担起你未竟的志愿。

然而——今年，
距你死去的二百三十天，
卢沟桥的烽火，
燃起了整个中国的狼烟！
这狼烟使我们毫不犹豫，
一切不愿做亡国奴的人们，
都走上了抗战救亡的前线。

你"旷野呐喊者的声音"，
唤起了万千的怒吼和同声的呐喊，
旷野沸腾起来了！
无数反抗的呼号
正迎接着风暴，声震云天！

你"与热泪俱下的皮鞭"，
已使多少冥顽麻木者觉醒，
使多少怯懦、屈服者勇敢，
从你所掮起的闸门，
他们正挺起胸膛高歌向前。

想起你
血的哺乳，
想起你
伟大的教训，

我们将用什么来哀悼、
　　　　　致敬、
　　　　　纪念?

然而无论如何
我们献上了这祭礼——抗战!
这里有血、有泪、有火，也有光，
这里有生、有死，也有光荣的创伤，
这里有战斗者钢铁般的誓言，
这里也有永恒不减求生的烈焰。

你说过：
"路本来是没有的，
有人走了以后才有路。"
我们如今毫不徘徊留恋，
我们今后一往直前；
就是因为你，以巨人的脚步走过的路，
如同一抹长虹
清楚地映在我们面前。

我们从此高举投枪不畏艰难，
我们更将从此得到胜利的那一天，
我们更将因此而得到自由与解放。
我们永远不会忘记
你曾给我们开辟了道路，
你曾给我们指出了明天。
鲁迅! 你"旷野呐喊者的声音"。
鲁迅! 你"与热泪俱下的皮鞭"。

请你来飨吧!
更大的祭礼在明年的今天!

一九三七年十月

吊"天照应"

我希望这是个梦，
虽然梦也梦得太凄凉！
天照应！
你传奇一般的英雄，
你中国的夏伯阳！
你为了我们民族的解放，
壮烈地死亡。

六年来
你一天也没有忘记：
为祖国，为奴隶们，
你的战马
踏遍了东北，
你的刀锋
指着敌人的胸膛。

六年来
你的手没有一刻放下你的枪，
你的足迹从没有离开过战场；
你的胜利使"帝国皇军"的威风丧尽，

在车站，
在路旁，
到处张贴着你的像，
更为你出了万元的悬赏，
然而你却那么从容不迫，
还去看了看自己的肖像，
一声冷笑，
转过头来，
又驰骋于肇州、海伦、呼兰河上，
攻进了安达县，
偏偏驻扎在中东路旁！

敌人的什么大佐中将，
新的战术，
挟着他的飞机大炮机关枪，
而你，只是放下了锄头拿起了枪，
联合了成千成万的伙伴，
便和敌人争起生死存亡。

虽然你也曾几次吃过败仗，
枪支马匹受了极大的损伤。
然而你竟那样刚强，
　　对弟兄们仍在高喊：
"干！
我们还有铁一般的臂膀，
日本鬼子只是个纸扎的豺狼！"

　　虽然你也曾一度忧伤，

没有弹药，也没有食粮，
然而你把眼泪往肚子里流，
对兄弟们还在宣扬：
"干！
政府已决定抵抗，
我们的力量是一天天地加强！"

一次，两次，三次，
传说着你已经"落网"，
"皇军"们刚刚放下心，
盛大地庆祝"帝国之光"，
然而你，
像传奇里的英雄一样，
又出现于松花江上。
拆了呼海路的铁轨，
占据了甜草岗。

这次又传来了你的消息，
在黑龙江——我的故乡，
你，
又第四次地"落网"！

我吊你，
我哀悼你，
同时我也有个坚强的信仰：
你也许又如昔日的"落网"，
使"皇军"们"狗咬尿泡"，
空空地欢喜一场！

何况如今

全国都卷起了

抗战的巨浪，

所有的中华民族的儿郎，

都冲上了争解放的战场。

我们人人都是你，

人人都以你来做榜样，

你死了，

更有千千万万的你，

正在成长。

　借秋风吹向故乡，

　　告诉你，

今后不再是孤军抵抗！

四万万五千万人，

每人都拿起了他的刀枪，

我们将相会于一个战场，

胜利和光明就在我们的头上。

天照应！你中国的夏伯阳！

一九三七年十月

给姑娘们

最后关头到了，我的姑娘！
　　抛开你个人的哀怨和惆怅，
　　洗去你脸上的脂粉与幽香，
　　换下你绮罗的衫儿，
　　走出闺房，
　　放下你的纸笔
　　不再柔肠，
最后关头到了！

我们走吧，我的姑娘！
　　换上战士的军装，
　　拿起你能有的刀枪，
　　看护，募捐，唤醒民众，
　　组织，训练，都是理所应当，
　　或者是慰劳去到前方；
　　争取最后的生死存亡，
　　我们只有誓死抵抗！
　　希求真正的民族的解放，
　　我们只有一齐冲上杀敌的战场。

前进吧，我的姑娘！
　敌人的铁蹄，
　已踏上我们的脊梁；
　敌人的枪弹，
　要射入我们每一个人的胸膛；
　还有什么踟蹰与彷徨？
　六年来的仇恨，
　难道你竟遗忘？
　大好的山河，
　难道还要双手奉上？

听一听，我的姑娘！
　全民族
　都擂起了杀敌的战鼓，
　冲锋号
　正在昆仑山巅高响！
　奴隶们的怒吼已震动了天地，
　新的中华正在苦难中成长。
　丢开吧，你那微吟和低唱，
　虽然那么顿挫抑扬。

冲上前去吧，我的姑娘！
　随着一阵秋风，
　扫过来的
　是敌人的机关枪，
　哪有闲情
　还把落花珍藏？
　炮火在闪耀着红光，

那不是斜阳，
　莫对那地下的白云，
　展露你的胸膛！

躲到哪里去呢，我的姑娘？
　血雨腥风，
　布满了我们这文化之邦，
　　敌人的屠杀，
　　敌人的轰炸，
　还有什么前方与后方？
　　都是战场啊！
　　哪里最安全？
　　哪里是快乐之乡？

哭什么呢，我的姑娘？
　谁不曾，
　　倒在母亲怀里数星星？
　谁不曾，
　　围在爱人臂中恼垂杨？
年轻的人儿
又谁个不是儿女情长？
　可是，
国破家亡，
地狱里的奴隶们，
还妄想什么天堂?!

告诉你，我的姑娘！
　多少中华民族的儿女，

和你和我完全是一样，
然而他们
在卢沟桥，
在黄浦江，
在平型关，
在太行山上，
他们是一寸血肉，一寸山河，
保卫着祖国，
保卫着自己的家乡。

想一想，我的姑娘！
谁没有兄弟姊妹？
谁没有妻子爹娘？
谁没有甜蜜的田园和家乡？
谁又不愿意快乐地活在世界上？
　然而，他们，
他们为了人类的儿女、爹娘，
他们为了祖国的独立、自主，
他们冲上了战场，
他们死得那样悲壮！
他们是那样英勇顽强！
我们，我们呢？
我知道，我的姑娘！
你的爱，
是那样的无边；
你的爱，
是那样的坚强。
但是，

为什么你不看一看：
成千成万的人，
没有了家乡？
　　为什么你不想一想：
这一篇血账，
什么时候才得清偿？
　　为什么不使你的爱
更伟大，
更宽广，
像海洋一样？
更永久，
更光明，
像永恒的太阳？

姑娘，我的姑娘！
　　收复失土，抗敌救亡，
争取民族的自由解放
需要我们每一个人的力量！
　　不论是男是女，
　　是工，农，兵，学，商，
千万人的心才是百炼成钢！
千万人的意志才是铁壁铜墙！
千万人的血才能洗去耻辱的血账！
千万人的肉才能填补全民族的创伤！
胜利！胜利它期待着你——
我的姑娘！

一九三七年十一月

018

请放下吧，你那支笔

请放下吧，你那支笔
是那样善于写出个人的烦忧和伤感，
忧伤离开我们已是那样的遥远，
遥远得像梦里的一声哀叹，
将为清醒的时代风暴所吹散。

难道你会忘记吗？
血的仇恨积压了我们六年，
六年的岁月呀，
是何等的难堪！

忍着耻辱挨着饥寒，
泪眼凄迷望着乡关，
期待着、推动着，
那未来的一天。

今天，今天就是那一天！
敌人的炮火已深入了中原，
整个的中华已燃起了狼烟！
每一个不愿做亡国奴的人，

他的热血都沸腾到了极点，
对于来犯的敌人，
谁不为之挺身而起，
在枪膛里推进抗击的子弹？

还有什么写不完的烦忧和伤感？
仇恨为什么还要埋在胸间？
请记取这旷古绝今的场面，
正是民族生死存亡的关键。

我们要以眼还眼，以牙还牙，
正需要你有力的口诛笔伐，
和你那一向扣人心弦的
火热的诗篇！

怒吼吧，朋友！
拿起你另一支笔！
为反抗的奴隶们高歌，
为真理和正义而呐喊。

展开我们的朗诵诗歌

新时代点起了新的烽火，
这烽火照耀着祖国的山河。
来吧，诗人们！
展开咱们朗诵的诗歌，
全民的抗战里有你也有我。

一分一刻
我们都不能空空地放过，
只言片语
也不该离开大众的生活，
我们不需要少数的聪明读者，
我们要使每个人明白他的职责，
推动、参加，
这神圣的抗战的洪波。

诗人哪，
你最爱说
　月光下的花影，
　它怎那么婆娑？
　少女的青春，

悄然地在寂寞里消磨。
尽管你苦心构思字斟句酌，
尽管你精益求精往深奥处去作，
你忘了你好像个忘形的奴隶，
正在向你的主子讴歌！

诗人哪，
你想一想我们的锦绣山河，
如今是谁在那里巍然而坐？
我们的父老兄妹，
是谁把他们
推进了万丈的漩涡？

诗人哪，
你看一看
我们的同胞有那么多，
咬着牙齿含着泪
他们什么话也不说，
便和敌人动起了干戈！
大好的头颅掷向沙场，
以血肉之躯
和科学的武器去肉搏，
他们究竟为的是什么？

诗人哪，
你比我知道得多，
你比我聪明得多，
你也比我更能写会作；

然而，为了你的诗坛宝座，
和你太负盛名的经过，
你固执着
你"艺术至上"的诗歌。

诗人哪，
时代的巨浪，
它顾不了许多。
腐旧的残渣
它将一齐淹没！
我为你感叹而惋惜，
你空空地犯了不小的过错。
认清当前的时代吧！
请努力于抗敌救亡的诗歌！

诗人哪，
救亡的朗诵诗歌，
它需要每一个有热血
有正义的读者和作者，
使它
广泛地展开，
广泛地传播。

诗人哪，
唯有朗诵的诗歌，
才是我们的诗歌；
唯有朗诵的诗歌，
它才不再仅是叹息花飞和叶落；

唯有朗诵的诗歌，
它才能不再是剖白自我感伤的吟哦；
它是
　　奴隶们怒吼的喉舌，
它是
　　争取民族解放
　　抗战的队伍中
　　文化的铁甲列车。

缝 衣 曲

窗外是不尽的潇潇秋雨，
夜风吹来了无限的凉意，
　　灯光下坐着我们母女，
战士呀！
　　我们并不认识你，
　　然而我们正在为你缝着寒衣。

缝啊！缝啊！一针针地缝下去，
　　把我们炽热的心都缝进了寒衣，
战士呀！
　　你是谁家的儿女？
　　为祖国，
　　为民族，
你贡献了你的血肉之躯。

我们有说不尽的千言万语，
一时竟不知道
　　应该从哪里说起。
战士呀！
　　缝着，缝着，

每一针里，
都蕴藏着我们的千言万语
和无限敬爱的情意。

母亲为了她的衰老而忧郁，
穿上了针便是一声叹息，
　　两鬓又添上了几根白发；
战士呀！
　她拿起了棉花，
　又翻转了寒衣，
她铺进去的是白发，
还是棉絮？
继续的梆声杂着秋风秋雨，
夜深得那样凄迷，
战士呀！
　我想到了你，
出生入死于枪林弹雨，
更在敌人的炮火中英勇地杀敌。

冷风送来了一阵战栗，
灯光逐渐地昏暗下去，
战士呀！
　我仍在想着你，
想着你在上海，
　　在山东，
想着你在河北，
　　在山西，
野外的寒风不住地向你吹袭，

沙场的夜雨湿透了你的征衣。

缝啊！缝啊！迅速地缝下去，
快为你缝起寒衣，
　　为的天明就寄到前方去。
战士呀！
　　猛地一针，
　　刺进了我的手指。
血，我的血，
一滴滴地落在针孔里！

我没有丝毫的疼痛和惋惜，
我也毫不迟疑，
　　更快地，一针又一针。
战士呀！
它随着我的手一伏一起，
它随着我颤抖而又欢快的心，
它被缝进了寒衣！

兴奋使母亲已不再衰颓，
六十年来奴隶的命运，
她想不到会有今日；
　　是慈爱，
　　还是欢喜？
战士呀！
　　她想着她一向被压迫的儿女，
现在正是为了自由与解放
争取最后的胜利！

她理不清的千头万绪，
她滴着她那崇高而圣洁的泪，
那泪珠闪耀着正义的光辉，
　　她把它也一起缝了进去！
战士呀！
　　你穿起这寒衣，
　　告诉我，
你感到什么呢？
趁西风吹来一片红叶，
那里载着你们胜利的消息。

缝啊！缝啊！
千针万线，千万人的心，
密密匝匝缝成了这寒衣。
战士呀！
　　它就是生存的真理，
　　它就是胜利。
只要我们不挠不屈，
只要我们抗战到底。

缝啊！缝啊！缝下去，
窗外已渐露出鱼肚白色，
太阳正在东方的红云里。
战士呀！
　　这是黎明之前的朝曦，
　　这是未来光明的启示。
　　随着千针万线，

寄语这个消息。
战士呀！

来一个拂晓攻击，

拔了敌人的阵地，

换上我们的旗帜， 高与云齐。

一九三七年十一月

我们的天堂

上有天堂，
下有苏杭。

苏杭，这天堂，
在敌人的狂轰滥炸下，
如今只有断垣和颓墙，
　　只是一片瓦砾场！

苏杭，这天堂，
有多少的好儿女，
失去了爹娘，
有多少年轻的媳妇，
成了孤孀！

寒山寺夜半的钟声，
已成了绝响；
虎丘之夜哟，
只有冷月默对着残塘。
苏小墓，
岳王坟，

英雄的忠骨
美女的柔肠
都不能平安地睡在泉壤!

能任其毁灭吗?
不!
"还我河山"的名言，还在耳边作响;
对凶恶的民族大敌，我们寸土也不让!
让我们赶走敌人，
就在苏杭的废墟上
建筑起我们新的天堂——民族解放!

　　　　　　一九三七年十一月十六日，
　　　　　　敌机投七百炸弹于苏杭

武汉，你祖国的心脏

武汉，你祖国的心脏！
　你有那么雄伟的长江，
　上达湖南四川，
　下通皖赣苏杭。
　长江啊！
　它是中华民族的大肠，
　它可以决定我们的生死存亡。

武汉，你祖国的心脏！
　你有粤汉，平汉，
　两条铁的臂膀。
　——一条伸出河南，
　　　　　河北，
　支肘在石家庄；
　　太原，
　　　北平，
　　　　天津，
　　　　　张垣，
　　　　　　南口，
　便和五个手指头一样。

——一条伸到湖南，
　　　　　广东，
支肘在衡阳；
　厦门，
　　潮安，
　　　九龙，
　　　　广州，
　　　　　香港，
又是五个手指头一样。

武汉，你祖国的心脏！
　你有蛇山，龟山，
　两个丰美的乳房，
　山旁有我们的铁厂，
　由钢铁里
　　榨出来的乳浆，
　把我们的全民族来哺养！
　用心血造成的
　　大炮、子弹、机关枪，
　那是我们神圣抗战中的食粮！

武汉，你祖国的心脏！
　你曾在二十六年前，
举起革命的火炬，
一声步枪，
一声怒吼，
推倒了五千多年专制的帝王！
　你曾在十年前，

以一个刚抬头的力量，
挽回了我们的主权，巨腕如钢，
使帝国主义者失措张皇！

武汉，你祖国的心脏！
　你有多么光荣的既往，
　你有多么伟大的宝藏；
　　　可是，如今，
　　　你的大肠，
　　　它将被割断！
　　　你的铁膀，
　　　在受着烧伤！
　　　你的十个手指，
　　有几个还依然无恙？

跳跃起来吧！
武汉，你祖国的心脏！
沉闷，颓唐，
　便是为虎作伥！
　哀莫大于心死呀！
　心死即是整个的灭亡！

跳跃起来吧！
武汉，你祖国的心脏！
　　我知道你有
　　火山口里的熔浆，
　　　　在煎熬！
　　　　在蕴藏！

我知道你有
翻江倒海的力量，
　　　　在酝酿！
　　　在成长！
而今四万万五千万人，
都冲上了救亡的战场，
还不快喷出你的熔浆，
以火的洪流烧死敌人的梦想！
还不快拿出你的力量，
一家伙打在"皇军"的天灵盖上！

跳跃起来吧！
武汉，你祖国的心脏！

鸡公山，你多么年轻

高原上，
吹起了南风，
鸡公山，
你多么年轻！

黎明呵！
黎明里的，
夏天的太阳，
爬满了祖国的山野，
山野从绿茸茸的被里，
翻了一个身。

白云哪，
片片的，片片的，
流哇！流哇！
向着山，
向着谷，
向着山花野草，
向着灌木的丛林，
蔓延着，吞没着；

银的山峰，
云的海洋，
飘荡起来了！
——歌声！

涌荡起来了！
——歌声！

六百多个流亡的孩子哟！
六百多颗展向着光明的心！
雄伟的大合唱啊！
震荡着山谷，
驰骋在云海之中，
云海，
有些苍茫了！

白云哪！
片片的，片片的，
流哇！流哇！
流向了山下，
那更广漠的原野！

这里，
留下了青葱的山，
留下了巍峨的峰，
朝阳用光明
洗涤了山花野草，
一切的灌木丛林！

这里，

留下了更高昂的歌声，

留下了更悲壮的歌声。

歌声，

在黎明的空气中，

向着朝阳，

向着山峰，

一声声地传送：

抗战的一天来到了，

前面有东北的义勇军，

后面有全国的老百姓，

咱们中国军队勇敢前进！

…………

向着朝阳，

向着山峰，

一声声地传送！

高原上，

吹起了南风，

鸡公山，

你多么年轻！

一九三八年四月

我的家在黑龙江

你的家呢，老乡？

在吉林？

在沈阳？

在万泉河边？

在鸭绿江旁？

在松花江上？

或者是赤峰口围场？

还是热河的朝阳？

我的家呀！

我的家在兴安岭之阳，

在黑龙江的岸上；

江北是那辽阔而自由的西伯利亚，

江南便是我生长的家乡。

那里有：

除了汉人、满人，和蒙古、回、藏，

还有那达斡尔、索伦、鄂伦春[①]

[①] 达斡尔、索伦、鄂伦春都是黑龙江北部的一些少数民族。其中"索伦"是鄂温克族的古称。

．．．．．．．．．．．

一同呼吸着祖国寒带的风霜，

在辽远的雪野冰川里成长！

春风里没有一朵花香，

只有檐下冰溜直伸到地上；

在牛吼马嘶声中，

庄稼汉吃着旱烟群聚在伙房，

或蹲在"场垣"墙角下晒着太阳。

"玛涅尔克"人，

鱼皮鞑子们，

就拿起了钩镰枪，

凿穿了黑龙江，

叉起无数的"达玛哈"，

　　　　　　"阿尔金"①，

成篓又成筐。

到清明时节才能开江，

江里的冰，

一块一块，

像白玉的床，

像大理石的塑像，

昼夜不停地流，

昼夜不停地响，

那是塞外春风里伟大的歌唱。

---

① 阿尔金：鱼名，为黑龙江特产。

流哇！

流过了额尔古纳河，精奇里河，

　　　松花江，

　　　鸭绿江，

　　　牡丹江，

　　　乌苏里江，

草长花发都在这个时光！

　这个时光啊！

泥土发着迷人的甜香，

多么陶醉呀！

　乡下佬们！

亲切地抓起一把土放到嘴里尝尝，

好！

正是下种的时光！

　脱下了"白查"皮袄①，

　把胡子剃得精光，

全家老幼男女一齐开始农忙，

　　播种，

　　播种，

一年的食粮，

新的希望！

五六月里刮着沙漠的风，

正午里有着热带般的太阳！

种地呀！

　一滴滴的血，

────────────

　① "白查"皮袄：没有面子的皮袄，皮板在外面露着。

一滴滴的汗，
埋进了土里，
生命又从那里得到哺养。

七月里的天气多么爽朗！
漠河去掘金，
鹤岗去挖矿，
兴安岭的森林哪，
　　一钻进去就是百里不见太阳！
　　一根根地砍下去，
　　一根根地捆绑上，
　扎成了排木便顺流而放，
　　顺着呼兰河，
　　顺着嫩江，
一直到更远更远的地方！

八月里的秋风吹得那么凉，
这里哪有什么桂花香！
　老榆树的黄叶飒飒地响，
　　白桦，
　　白杨，
还有那百里的松涛，
响遍了原野和山岗！
山岗原野呀！
完全变了样，
　西风吹着无垠的麦浪，
　　一起一伏，
　　一下一上，

042

像大海般辽阔，
像沙漠般金黄。

蓝天哪！
那么高远，
那么晴朗，
白云飘得无影无踪，
飞过来的是一阵雁行。
　　大地上，
　　发散着苎麻的香，
　　　　　燕麦的香，
　　　　　大豆的香，
满山遍野都是红了的高粱。
细高的身儿，
垂着肥大的穗，
　　它好像个青春美貌
　　含羞低首的大姑娘。
　　青纱帐，
那可爱的青纱帐！

割麦呀，
刈高粱，
　　披着星光，
　　戴着月亮，
　　月夜里飞着轻霜，
抚摸着自己的血汗灌溉的果实，
那种快乐能用什么话来讲？

九月里来也有重阳，
篱边可没有一朵菊花黄。
老少男女都怀着喜悦的心肠，
走到场垣里去打场。
　　牛儿在槽边睡了，
　　马儿休息在马房，
　　小鸡儿到处寻找它的食粮。

原野，
　　原野是一片衰草连天黄。
成千成百的马群哪，
　　打滚儿的，
　　长嘶的，
　　驰骋得那么放荡；
十几岁的小马倌儿，
像个古代的英雄一样，
长啸一声，
领走了这不羁的队伍，
踏遍了大野和山岗！

夜晚，
　　夜晚都跑到草场；
烧起一把野火，
在火光里跳着，
　　　　喊着：
"放荒啊！放荒！"
吹过来一阵西风，
无际的大平原，

像点着万盏明灯，

　像乱窜着金红色的大蟒，

火的宇宙！

火的海洋！

十月里的雪花大如掌，

　锦绣的河山，

　　是一片茫茫，

　　玉砌！

　　粉妆！

到处是一片白茫茫，

再也分不出庐舍田庄，

路上的行人哪！

像一只寒鸦飞进了白云乡！

十一月的寒风像刀子一样，

地冻裂了一尺多宽一丈来长；

风绞着雪，

雪绞着风，

大风大雪从此成了疯狂！

　分不出是小子还是姑娘。

　一律戴起高大的皮帽，

　穿着"库库牛""塔塔马"①，

　背后背起了大枪，

　跑上了冰川山岗，

　打貂打鹿打山鸡打豺狼，

---

　① 黑龙江北部的人在冬天穿的靴子。"库库牛"用鹿脖子或牛脖子皮制成；"塔塔马"用牛皮制成，里面铺乌拉草或套毡袜，最能御寒。

打野猪打水獭也打黄羊，
冰天雪地是他们娱乐的地方，
　　　是他们的家乡，
　　　是他们的天堂！

江啊！
　河呀！
　　湖沼哇！
冻成了铁，
　冻成了钢，
钢铁也没那么坚强！
　　　上面跑着爬犁，
　　　　冰车，
　　　　冰床；
　狗拉的，
　马拖的；
轻便铁道竟也铺上，
把这里烧火用的木头，
运到别处去做栋梁。

腊月里冷得
没有风没有雪更没有霜，
老太太们从此便高卧在热炕头上！
小伙子们爬起来天还未亮，
那正是"鬼龇牙"①的时光；

---

① 鬼龇牙：冬天将放晓时，天气最冷，俗语谓为"鬼龇牙"时，意即鬼都被冻得龇牙咧嘴。

乌拉草铺进了乌拉^①，

再披起老羊皮袄把"大哈"^②穿上！

套上三套马的车，

进城赶集去卖粮；

装柴草，

装大豆，

装小麦，

装高粱，

老板子把鞭梢一响，

啪……

走上了积雪坚冰的道上，

于是接二连三成百地排成了行，

啪……啪……啪……

老板子们卖弄着看谁的响，

逞着强，各不相让；

在冻僵了的空气中，

重大的车轮，

轰隆——咣当——

辕马项下的大铜铃，

丁零……丁零……

老板子直着脖子喊，

吁吁……上上……

口里的哈气像兴安岭上的白云，

随着老北风飘荡。

把一年的血，

―――――――――――

① 俗语云"关东城三种宝，人参貂皮乌拉草"。乌拉草是一种植物，其性最为柔软温暖，东北劳动人民用以装褥子铺鞋，胜似棉花。乌拉是一种冬天穿的牛皮靴。

② 大哈：达斡尔语，指极厚极重的皮制大衣，黑龙江北部的人大都有。

一年的泪，
　一年的汗，
　一年的希望，
从城里换回来红洋布，
　　　　香水香，
　　　　海蜇，海米，
　　　　洋火，洋糖。
一切都是来自东洋西洋，
　准备过年，
　准备过大年三十儿晚上！

今年如此，
明年还是一样，
　一年年的，
　一年年的，
　　活下来了！
　　穷下来了！
他们不怨天，
　　不怨地，
只怪自己的气力还没卖得得当，
只恨自己为什么只生了两个臂膀，
只叹息着比下有余咱们不能比上；
他们等待，
他们相信，
总有一天穷人有了翻身的希望！

天哪！九一八！
九一八！

日本帝国主义的大炮、刀枪，
击碎了这老实的梦想，
捣毁了多少年的希望！
这个日子永生也不能忘。
日本鬼子打进了沈阳，
攻下了吉林，
更占据了黑龙江！
从此！
　完了！
　　完了！
我的兄弟爹娘，
我生长的家乡，
虽然
依旧是冰天雪地，
依旧是山高水长，
可是，
三千万人民成了牛马一样，
雪原成了地狱，再没有天堂！
被奸淫！
被掳抢！
被屠杀！
被灭亡！
然而，
荒莽的人，
有着荒莽的力量，
那力量因了熬煎，
　　　因了苦难，
更为加速度地成长！

七年来，

　不曾一天，

　使鬼子们快活安享！
就在那山岗！

　　那雪野！

　　那冰川！

　那高粱红了的青纱帐！

　　　　　　一个，

　　　　　　　两个，

　　　　　十个，

　　　　百个，

　　　千个，

　　万个！

…………

抬起了头，

挺起了胸膛，

　放下了锄头犁耙，

　拿起了所有的刀枪！
卷起了沙漠的狂涛，

卷起了雪海的巨浪，

燃烧起反抗的野火，

燃烧起争生存的火光！
把奴隶的命运，

把奴隶的枷锁，

一齐都交付给了抵抗！
他们流血，

他们死亡！

　但是他们，

父亲死了，
儿子补上！
丈夫死了，
妻子填上！
他们要用血，
他们要用肉，
筑起个铁壁铜墙，
保卫自己的家乡！

现在，
他和祖国的狼烟，
卢沟桥的烽火，
联结成一个阵行！
是
一切不愿做亡国奴的人，
是
全中华民族的力量！
为祖国争自由！
为民族争解放！
坚决抗战！
英勇抵抗！
伟大的战争！
神圣的战争！
让侵略者的血，
染红了那远天的冰雪寒霜，
染红了我的家乡——黑龙江！

一九三八年八月

致日本的劳苦大众战斗员

来吧！我们欢迎你，
　　日本的劳苦大众战斗员！

你们背井离乡，
辛苦地来自大海的那一边；
你们妻离子散，
　　抛弃了故国的可爱的田园。
田园哪！
　　那一望无边碧绿的田野，
　　粉色的樱花，开得多么灿烂！
樱花下的往事哟，
　　可曾被春风吹散？
田园中的岁月
　　你怎能不留恋？
在那里生，
　　在那里长，
在那里住过了许多年。
可是，你们，
　　被胁迫，
　　被欺骗，

被鞭挞辱骂,

被强征硬牵,

把你们装上了军舰,

把你们送上了死亡线!

一步一回头哇!

别矣,故乡!

什么时候才能再得相见?

——衰老的爹娘,

年轻的妻,

孩子们还都正在贪玩!

异国的征途那么遥远!

异国的夜寒,

异国的风烟,

那么不胜惘然!

翘首望着天边,

　　　　海边,

　　　　海的那一边,

青天外没有云也没有雁,

海涛呜咽得那么凄恻缠绵,

　潮湿的战壕,

　雨打着征衫,

遥远的还乡梦,

为枪声惊散,

泪眼凄迷望着苍山,

异国的苍天哪! 月儿正圆。

在指挥刀下去冲锋啊!

你心里多么悲酸！

怎能敌得过，

人家是为反侵略而战？

 为求生存而战，

 为自由解放而战，

 为真理正义而战，

 守着，是一座钢铁的碉堡，

 进攻，像一座爆发的火山。

 后面还有同胞大军四万万，

 还有全世界拥护正义者，正在呐喊。

你们呢？

 抢地呼天有谁来管？

 空有着什么"千人针""万人线"。

在故乡啊，

遥远的天边，

 留下了母老，

   妻娇，

一群儿女无止境的怀念！

何时来归哟！

漂泊异国的幽魂，

飞过了天边，

  海边，

再也找不到自己的家园！

想一想吧！

上下五千年，

人类中可曾有过杀人的比赛？

然而你竟被欺骗得疯狂一般！

奸淫！

　屠杀！

　惨绝人寰；

你总该知道：人，总不是鸡犬，

况且谁无父母妻子姊妹？

你也该明白：

血的债，一定要用血来偿还！

你应该想一想：

如何来结束这场不义的侵略战？

你也应该知道：

中华民族原不是好战，

可是敌人来了，自然要挺身向前！

结束？我们又何尝不愿？

如果，你立即归还，

我们的锦绣河山！

　想想吧，

谁为了发财升官夺去了我们的河山？

谁为了自己的利益而挑起了战端？

谁使你们抛弃了故国的田园？

谁使你妻离子散，把你推上了死亡线？

谁使你理性全失，变成疯狂一般？

谁使你做了异国的幽魂，回不到家园？

那就是你们野心的军阀！

军阀手下的爪牙鹰犬，

他不仅是我们的敌人，

他更是你们的真正的敌人！

咱们本是一条阵线，
咱们的敌人是一个集团！
来吧，日本的劳苦大众战斗员！
迅速地掉转你的枪尖，
向着你们的军阀，
　军阀的爪牙鹰犬，
　一切的法西斯强盗、骗子集团，
　抛出你卫护真理正义的炸弹！

咱们联结成一条反侵略的战线，
世界上更有无数正直的人，
为我们而呐喊，
　为我们声援，
灭亡，
灭亡！灭亡就在咱们共同的敌人的前面！

还有什么迟疑、犹豫？
要把握住这一发千钧的时刻！
来吧，我们欢迎你，
　日本的劳苦大众战斗员！

一九三八年十月

咱们，立下最后的誓言

抬起你的头，
站起来！
在今天，
面向着全民族四万万五千万，
面向着祖国更艰巨的危难，
面向着你所信仰的宗教，苍天，
面向着你为真理所决定的信念，
　咱们，
立下最后的誓言！

　七年了，
　七年了！
有你，
有我，
咱们这一代，
给五千年的祖国，
给我们光荣的祖先，
丢失了多少土地田园财产！
死亡了多少老幼男女青年！
把衰老的父母，

年轻的妻子，

　　留在火窟地狱，

　　留在血海刀山！

假如你的耳不聋，

　　你该听见

　　那悲惨的呼喊；

假如你没闭着眼，

　　你该看见

　　那水火中的熬煎。

即或你什么也不关心，

也没有国家民族观念，

然而

不要忘了，你还是个中国人！

你那中国人的自尊与自豪感，

　　将在什么时候出现？

一年多了！这一年，

也是咱们这一代！

有多少中华民族的好儿女，

在祖国的大野，

在祖国的山川，

　　长城外，

　　黄河岸，

　　扬子江边，

　　太行山巅。

摆下了血肉的战场，

设下了复仇的祭坛。

烧哇，烧着求永生的烈焰，

烈焰，烧红了苍天！
千千万万的死，
千千万万的呐喊，
为你，
为我，
为民族，
为祖国！
他们面对死亡，
他们生命不息，
战斗不已，
直到今天！

然而，
别人在前方抗战，
　　我们在后方
　　可曾有什么贡献？
别人在前方流血，
　　我们在后方
　　又流着什么汗？
如今，
　　广州沦陷，
　　又退出了大武汉，
一声号角，
抗战从此又走上了
最严重的阶段！
这阶段，就是全民族的
最后的生死存亡关键！

来吧，

在今天！

　一切真的不愿做亡国奴的人，

一切誓死不愿做汉奸，

不逃跑，

不投降，

不想苟且偷安的，

中华民族的儿女好汉！

咬紧牙关，

握紧了拳，

抬起你的头，

仰起你悲愤的脸！

　站起来！

面向着全民族四万万五千万，

面向着祖国更艰巨的危难，

面向着你所信仰的宗教，苍天，

面向着你为真理所决定的信念，

面向着五千年来光荣的祖先，

面向着抗战以来死难的烈士同胞，

　在天之灵，永恒的纪念，

　咱们，

立下最后的誓言！

…………

来，

随着我喑哑而悲痛的声音念！

我，

誓以祖国给我的血，

给我的肉，

给我的生命，

为祖国牺牲！

向祖国贡献！

为人类永久的和平与安全，

打倒侵略者日本帝国主义，

收复我原有的河山，

争取全民族的自由解放！

奋斗到底，

长期抗战！

愿：

皇天后土，

共鉴斯言！

一九三八年十二月

迎一九三九

五百多天的战斗，
战斗了十八个月之久！
日子
从血泊里生长，
也从血泊里溜走。

今天，
来了！
二十世纪的四十年代，
你一九三九！

我们欢迎你呀！
虽然并没有预备下
珍馐美酒，
只有争解放的血
仍在不断地流！

然而，
我们有，
五万万个嘹亮的歌喉，

在歌唱，
歌唱这新的岁月，
歌唱祖国的青春与自由！

我们有，
五万万张同声的异口，
在怒吼：
"跃进抗战的新阶段哟！
生死已是最后关头！
来到了
贡献你新生命的时候！"

我们更有，
十万万只灼热而真挚的手，
为了人类的和平永久，
为了被压迫者的生存与自由，
从亚细亚，我们伸向了
五大洲！
伸向了全世界每一个角落，
一切拥护真理正义的朋友；
紧紧地握住！
走，
一齐向前走！
用钢铁的手，
扼断汉奸走狗的咽喉！
用战斗，
消灭人中的禽兽，
万恶的日寇！

欢迎你呀！

二十世纪的四十年代，

你一九三九！

夜 行

——献给东北中学学生抗战救亡宣传队和九月剧社

冷风，
吹着我们单薄的衣衫，
暗夜，
使得我们步伐有些蹒跚，
潮湿的碎石子，
在我们穿着草鞋的脚下，
发出轻微的唱叹！

我们——三十五个，
背负着半轮残月，
　　满天星斗，
　　三千万人的苦难，
　　八年来的辛酸，
爬过了
一重山，
两重山，
…………
看了看孩子们的脸，
是尽力忍着悲伤，

和跋涉的疲倦，
是过度严肃的痉挛，
多么令人心痛的倔强啊！
童声的歌唱还是那么甜润而嘹亮
　　在前、在后
响彻在大西南深秋的草野，
　　星空，
　　流泉，
　　竹林之间。

"离开了家乡已经八年，
双亲哪！
你们在层云的哪一边？"
望着那么遥远遥远的山峦，
就仿佛似梦里的灯火田园，
天真的眼睛泪花儿闪闪，
年轻人的步子却刚强而矫健。

我的鼻子像被什么猛击了一般，
脚步为酸楚而迟缓下来，
刚一转身把眼泪擦干，
一个孩子，
两个孩子，
已越过了我的身边。

童音的歌声，依然在夜空里飞翔，
像撞击着金属一般，音韵悠长。
　　"向前走莫迟延！

战斗在号召,

祖国在呼唤!

没有感伤只有勇敢,

冲破了寒冷与黑暗,

迎接胜利的明天。"

我追着这歌声,

迈开了更大的步子,

紧紧地跟上,

勇往直前。

我们——三十五个,

又爬过了

一重山,

两重山,

…………

一九三九年深秋

山 岗 上

是多雨的季节呀！
忧郁而潮湿的南方，
阴暗的天空，
寥廓的田野，
小水流穿行着田塍，
微风摇摆着竹梢，
多么低沉的歌声啊！

寂寞的山岗上，
望着那连天的绿草，
望着那遥远的白云，
我跌进了凄凉的梦想。
——那更为遥远的
　　　鸣咽的江水呀！
　　绵亘的山峦哪！
　　黄的沙漠，
　　黑的土地，
　　青白色的战马……
　　该是高粱红了！

回去吧!
紧握着我的剑,
放开我的喉咙;
在行列中,
走向我所熟悉的田园!
走向我曾战斗的原野!

让未干的血迹上,
再洒上最后的血吧!
让三千万的哀哭,
换成四万万五千万的欢笑吧!

虽然我也爱恋
这忧郁而潮湿的南方;
但我更怀念那
战斗沸腾着的家乡,
呼喊着的山岗!

一九三九年九月

十 年
——纪念"九一八"十周年

一

十年哪!
到今天,
整整的十年!

自从日本强盗
举起了侵略的屠刀,
用我们东北人的血,
在我们中华民族的脸上
涂了个"九一八",
今天,
整整的三千六百五十天哪!

十年!
　　这充满了耻辱与悲哀的十年。
十年!
　　这充满了贫困与苦难的十年。
十年!

这充满了呻吟与饥饿的十年。
十年！
　　这充满了迫害与屠杀的十年。
十年！
　　这充满了死亡与毁灭的十年。
十年！
这汇集了人世所有的哀愁，
悲惨的三千六百五十天哪！

二

我们这群首先
失去了家乡田园的！
自从塞外的深秋
吹来了九月的风暴，
我们像一片落叶，
像一粒灰尘，
有的任岁月的剥蚀与磨难，
有的掉在泥淖里悄然糜烂，
有的就负荷着哀愁，
随西风飘过了万水千山！
十年！
我们这群首先
见自己的同胞
陷在敌人的铁蹄下的！
眼看着
父老兄弟被践踏成了碎片；
眼看着

诸姑姊妹被毁灭了，像一阵青烟。
我们却只是紧咬住了牙关。

十年！
我们这群首先
失去了自由的天地的呀！
像一只怯怜怜的失群的鸟，
离开了故枝，
失去了依恋；
望着陌生的面孔，
望着遥远的苍天，
望家山，
家山在层云的哪一边？

十年！
我们这群首先
用悲哀把异乡的岁月排遣的呀！
为了生活，
白天我们低头在人们的面前，
到夜晚，对凄然的灯火，
我们孤零无告的泪
湿透了被角和枕边！
还记得吗？
古城的风沙里，
有我们无尽的叹息与悲酸。

十年！
我们这群首先

流亡的人哪!

有的在风霜里老死他乡,

后面跟着褴褛的送葬的行列,

当黄土封闭了六尺薄棺,

我们往往跪向了白云的那一边,

低诉着我们的祷告与誓言:

"回去吧!

你无依的孤魂!

飞向那遥远的东方,

告诉那呜咽的江水,

惨淡的青山,

说:

我们平安,

我们什么也没有忘;

最后我们也要

回到那遥远的地方!"

如今整整的十年!

十年!

这血与泪汇成了洪流的十年!

这头颅与白骨堆成的十年!

这汇集了人世所有的哀愁

阴惨的三千六百五十天哪!

三

然而,

黑暗的另一面终是光明,

死亡的继承永远是新生!
如果悲哀的东北
将是抗战的最终目的,
如果任何一个东北人
都不愿在耻辱中偷生,
伟大的中华民族哇!
你必将永远是
人类不朽的魂灵!

不是吗?
十年中,
有悲哀,
也有战争;
有灭亡,
也有永生!
　有在屠刀下的啜泣,
就有革命者的吼声;
　有成千成万的侵略者和奸佞,
　来抢夺,来破坏,
　来烧杀,来侵凌,
就有更多更多的英勇的人,
要反抗,要团结,
要建设,要复兴,
要创造新中国的新生命。

四

　自从

最初的泪，

流在我们最先失去的地面，

最初的血，

洒在我们最美丽的河山！

而无尽的血和泪哟！

又灌溉在那埋葬在地下

无数殉难者的尸身；

随着侵略的刀锋，

我们，

掀起了更为广大的抗争；

茁生了更为坚决勇敢的

新时代的新的民族英雄。

从九一八，

到宛平城；

从卢沟桥，

到八一三的全民战争，

十年中的东北呀！

从马占山、李杜、苏炳文，

到苗可秀、天照应；

从阎海文、高志航，

到李桂丹、刘粹刚；

…………

还有那无数的无名英雄，

为祖国，

为祖国失去的山河；

为家乡，

为家乡被蹂躏的田庄。

战斗，死亡，
死亡，战斗
在祖国广大的
山林，
　草野，
中原，
　边疆，
在十年中每一页岁月上，
爆裂出震撼天地的声响！
发射着照耀千古的光芒！

　虽然他们挣扎于饥寒之中，
　但他们依旧拿着巨大的笔，
写出人类生存的苦难与光明；
绘画这惊心动魄的生死场景，
号召着全世界爱正义的人，
来奔赴这伟大的战争！

　虽然他们也是哀愁万种，
　但他们仍然用钢铁般的喉咙
发出愤怒与复仇的吼声；
歌唱着未来的胜利
与战斗的光荣！
　虽然他们饱尝疾病和贫穷，
　但他们甚至用仅有的木板尖刀，
刺破了汉奸与卖国贼的面容，
刻出来敌人脸谱的各种狰狞。

虽然他们到处流亡行止无定，

但他们就随时随地在城市乡村，

表演着民族革命壮烈的史诗，

去教育激动万千愚昧的人！

虽然他们或者还幼小，

也许还没有什么才能，

但他们

努力学习，

刻苦锻炼，

用他们的手和脚

以及一腔火热的心胸，

奔走呼号：

"战争啊，

战争啊！

收复失地，

打回老家，

争取中华民族的独立与生存！

把敌人

赶到鸭绿江东！"

五

不是吗？

十年来，

耻辱与悲哀，

已被我们复仇的鲜血

洗涤埋葬！

十年来，
贫困与苦难
它只是
把我们千锤百炼!

十年来，
呻吟与饥饿，
已变成
反抗的呼喊与战争的烈火。
十年来，
我们被迫害，
我们被屠杀，
但我们已经，以眼还眼以牙还牙，
予屠杀者以更大的屠杀!

十年来，
我们死亡，
我们毁灭，
但从我们死者的坟头，
与染透了黄沙的碧血，
生长出
更强大的，
更英勇的行列!

六

十年，

这善与恶搏斗的十年!

十年,
这黑暗与光明决战的十年!

十年,
这被压迫者反抗压迫者的十年!

十年,
这从死亡里挣出新生命的十年!

十年,
这四万万五千万人全都起来
为祖国的独立自由而战的十年!
革命的十年!
前进的十年!
抗争的十年!
战斗的十年!
伟大的三千六百五十天哪!

到今天,
整整的十年!

一九四一年"九一八"于渝郊

冬天来了

冬天来了，
受难的中国
又将有战斗也有冰雪了！

不是吗？在今天，
战场上
已经有了雪花飘落，
而北风呢，
以木桩和电网为弦索，
奏起了寒冷的歌，
使那些有钢有血也有热的
　　　　　勇敢的人哪，
涨红着脸，
在风雪里，
追击奔跑，
战斗方酣。

风沙呀！
那远来的风沙，
以它的粗暴而叫嚣的野性，

漫天遍野，

透过山林，

　　草泽，

以及灌木的空隙，

扑面吹过来了！

它吹过了边关，

也吹过了太行山；

然而在千谷万壑里，

却唤起千万声的回响呼喊！

当它吹过了老黄河，

想要埋葬什么，

怒涛就以更凶猛激怒，

绞住了这风沙，

把它送进了河底，

埋葬在百丈深窝！

而在这里呢，

冬天来了！

天色阴郁，

人们因寒冷而没了踪影；

只有楼房的小窗里

挣出淫荡的喧哗，

红的灯，

绿的酒，

黑色的心，

白皙的脸颊，

以算盘、升斗、尺丈为键子，
肥嫩的指头
弹出了千万人的哭喊怒骂！

这里充斥着
聪明的骗子，
他们到处为家。
"哪里不是做生意呢?"
吸血的大减价！
把暴利和横财
都掩藏在
"冬天来了"的旗帜下！

冬天，
在这里，
没有风沙，
也没有飘落的雪花；
在这里，
有着夏天的梅雨，
　　秋天的疫疠，
人们坐着等待
春天的到来呀！

我呀！
这来自远方的
刚强的歌手，
是大声呼喊着来的，
但声音却逐渐喑哑，

喉咙也被锢闭了，
经过了春哪！秋哇！还有夏！

然而，今天，
冬天来了！
冬天终于来了！

我这冰雪之子呀！
我的鬓、发、须、眉，
犹有寒带的风霜，
就将因这寒冷的冬天，
而恢复我的康健与刚强！
在冻结了的土地与人们的心上，
以大声的歌唱，
震惊他们！

我这惯于和风沙搏斗的
闻着冬天的寒冷的气息
而欢欣大笑的
冰雪之子！
也是涨红着脸，
在风雪里，
追击奔跑。

冬天来了！
冬天来了！

我唱着战斗的，

从寒冷的封锁中，
飞迸出来的
打回老家去的歌！

一九四一年十二月

嘉陵江之歌

嘉陵江是美丽
还是忧郁的呢?

那颤动的绿色的水波
为舟子的双桨击起的
银色的浪花呀!
像一群白蝴蝶随着春风
飞逐在一碧万顷的草原!

浪花呀!
揉碎了老舟人褴褛的身影!
浪花呀!
抖动着他忧愁而悲苦的生命!
冲过激流,
又是险滩,
生命是多么狭窄而迅速哇!

生活不是更为艰辛吗?
从能走路的日子,
到不能动转的日子;

在利刃般的石岸上，
在生满荆棘的悬崖下，
畜生似的，
爬着，
爬着，
四只脚爬着，
有时头也要着地的！
那牢固的锁链，
　　一头牢牢地绑住了
　　向前爬着的黧黑的胴体，
一头牢牢地拴在
　　比祖父还古老的，
　　　　　　　破旧的，
　　　　　　　痴呆的，
拙笨而疲倦
蠕动着的黑暗的木船上。

"哎哟……嗨哟……
　　用力呀！
　　用力呀！
　　哎哟……嗨哟……"
"不向人前伸出乞求的手，
　　却在生命的下面低垂了头！
　　哎哟……嗨哟……哎嗨哟……"

　　唉！
什么歌儿能够不朽？
什么诗篇是血泪交流？

什么人能够
　　谱出这挣扎的呼吼?
什么人又能有
　　这么悲切的歌喉?

"拉呀!
爬呀!
哎哟……嗨哟……"
用力吧!
用力吧!
生命是遥远的吗?
途程是遥远的吗?
不哇!
好生活是遥远的呀!

什么不认识呢?
在这个江中的
每一个滩,
每一块石,
每一粒沙土上的
自己的血呀!
　　　　汗哪!
　　　　悲哀的泪水呀!
甚至于
每一个同伴死去的地域!
什么都是近在眼前,
一切都是发生在昨天,
　　　　　今天,

明天，
生和死并没有什么距离！
拉着，
拉着，
是他们拉着生活呢，
还是生活拉着他们呢？

拉着，
拉着，
是生活拉着这些畜生呢，
还是这些拉着生活那畜生呢？

爬过了谷，
爬过了坑，
爬过了白天黑夜，
爬过了山岭水涯，
爬过了暑热与寒冷，
爬过了悲苦的一生！

嘉陵江，
没有耀眼的光辉，
因为
太阳从未明亮地照射过它！

嘉陵江，
也没有猛烈的风暴，
因为
它天天沉闷的阴雨……

嘉陵江是美丽
还是忧郁的呢?

嘉陵江是悲哀的!
嘉陵江是悲哀的!

哭亡女苏菲

你哪里去了呢，我的苏菲？
去年今日
你还在台上唱"打走日本出口气"！
今年今日呀！
你的坟头已是绿草凄迷！

孩子呀！你使我在贫穷的日子里，
快乐了七年，我感谢你。
但你给我的悲痛
是绵绵无绝期呀！
我又该向你说什么呢？

一年了，
春草黄了秋风起，
雪花落了燕子又飞去；
我却没有勇气
走向你的墓地！
我怕你听见我悲哀的哭声，
使你的小灵魂得不到安息！

一年了，
任黎明与白昼悄然消逝，
任黄昏去后又来到夜里；
但我竟提不起我的笔，
为你，写下我忧伤的情绪，
那撕裂人心的哀痛啊！
一想到你，
泪，湿透了我的纸！
泪，湿透了我的笔！
泪，湿透了我的记忆！
泪，湿透了我凄苦的日子！

孩子呀！
我曾一度翻看箱箧，
你的遗物还都好好地放起；
蓝色的书包，
深红的裙子，
一沓香烟里的画片，还有……
孩子，你所珍藏的一块小绿玻璃！
我低唤着苏菲！苏菲！
我就伏在箱子上放声大哭了！
醒来夜已三更，月在天西，
寒风里阵阵传来
孤苦的老更人遥远的叹息！

我误了你呀！孩子！
你不过是患的疟疾，
空被医生挖去我最后的一文钱币。

我是个无用的人哪！
当卖了我最值钱的衣物，
不过是为你买一口白色的棺木，
把你深深地埋葬在黄土里！

可诅咒的固执呀！
使我不曾为你烧化纸钱设过祭，
唉！你七年的人间岁月，
一直是穷苦与褴褛，
死后你还是两手空空的。

告诉我，孩子！
在那个世界里，
你是否还是把手指头放在口里，
呆望着别人的孩子吃着花生米？
望着别人的花衣服，
你忧郁地低下头去？
我知道你的魂灵漂泊无依，
漫漫的长夜呀！你都在哪里？
回来吧，苏菲，我的孩子！
我每夜都在梦中等你，
唉！纵山路崎岖你不堪跋涉，
但我的胸怀终会温暖
你那冰冷的小身躯！

当深山的野鸟一声哀啼，
惊醒了我悲哀的记忆，
夜来的风雨正洒洒凄凄！

我悄然地披衣而起，
提起那惨绿的灯笼，走向风雨，
向暗夜，
向山峰，
向那墨黑的层云下，
呼唤着你的乳名，小鱼！小鱼！
来呀！孩子，这里是你的家呀！
你向这绿色的灯光走吧！
不要怕，
你的亲人正守候在风雨里！

但蜡泪成灰，灯儿灭了！
我的喉咙也再发不出声息。
我听见寒霜落地，
我听见蚯蚓翻泥，
孩子，你却没有回答哟！
唉！飘飘的天风吹过了山峦，
歌乐山巅一颗星儿闪闪，
孩子，那是不是你悲哀的泪眼？

唉！歌乐山的青峰高入云际！
歌乐山的幽谷埋葬着我的亡女！

孩子呀！
你随着我七载流离，
你随着我跨越了千山万水，
我却不曾有一日饱食暖衣！
记得那古城之冬吧！

寒冷的风雪交加之夜，
一床薄被，我们三口之家，
吃完了白薯我们抱头痛哭的事吧！

但贫穷我们不怕，
因为你的美丽像一朵花，
点缀着我们苦难的家，
可是，如今叶落花飞，
我还有什么呀！

因为你爱写也爱画，
在盛殓你的时候，
你痴心的妈妈呀！
在你右手放了一支铅笔，
在你左手放下一卷白纸，
一年了呀！
我没接到你一封信来自天涯，
我没看见你一个字写给妈妈！

我写给你什么呢？
唉！一年来，我像过了十载，
写作的生活呀，
使我快要成为一个乞丐！
我的脊背有些伛偻了，
我的头发已经有几茎斑白，
这个世界里，依旧是
富贵的更为富贵，
贫穷的更为贫穷！

我最后的一点青春与温情，
又为你带进了黄土堆中！

我写给你什么呢？
我一字一流泪，
一句一呜咽！
放下了笔，哭哇！
哭够了，再拿起笔来。

姗姗而来的是别人的春天，
鸟啼花发是别人的今年！
对东风我洒尽了哭女的泪，
向着云天，
我烧化了哭你的诗篇！

小鱼，我的孩子，
你静静地安息吧！
夜更深，
露更寒，
旷野将卷起狂飙！
雷雨闪电将摇撼着千万重山！
我要走向风暴，
我已无所系恋，
孩子，
假如你听见有声音叩着你的墓穴，
那就是我最后的泪滴入了黄泉！

　　　　　一九四二年三月青木关的山中

送 别 曲

朋友，
这不是感伤的别离，
且把怅惘付之高歌一曲，
让你那年轻的脸，
　　　　激荡的歌声，
再留下个更深的记忆！

今夜，
我们向灯火发誓，
明天，
你迈开健壮的步伐。

我们这来自远方的
　　苦难的一群，
　　为了战斗，我们也曾相聚！
　　为了战斗，我们又将别离！
　　一样的明月白云，
　　一样的春风秋雨，
在祖国广大的土地，
那烽火燃烧处，

更有战斗号召着你!

去吧，朋友!
千千万万的人呼唤着你，
去吧，朋友!
千千万万的人等待着你!
我们是祖国战斗的儿女，
我们所渴求的唯有胜利!
去吧，朋友!
为了战斗，我们也曾相聚!
为了战斗，我们又将别离!
　　去吧，朋友!
　　我们这些来自远方的，
　　还要回到远方去!

一九四三年一月

初 冬

满贮了一瓶清水，
把花束插在里边，
重新又钻进被里。
我寒冷空荡的房间，
似乎到来了春天。

睡眼蒙眬里，看见
隔壁那个小妇人——牧师的女儿，
衣裙窸窣地轻轻地走了进来，
像是怕惊动她自己一样，
默默地坐在"皮雅娜"的前面，
苍白而绝望的手指
抚着黑色的琴键。

于是肖邦的忧郁，
遂掩拥而来了。

外面的雪，落着，
芭蕉也蒙上一层白色的雾。
嘉陵江的碧水边，

有舟人在爬行，
在黄沙乱石之间
唱着呜咽的北风之歌。

醒来时，琴音歇了，
已是黄昏。
有橙色的日影，
斜射在窗棂，
她疲惫地两手抱头
伏在琴键上，
任有着红结子的发辫拖落着，
像是在啜泣，
也像是沉沉地睡去。

一朵瓶里的花，
默默地在谢落了！

　　　　　一九四三年十一月成都《华西晚报》

这不是流泪的日子

是的，这不是流泪的日子！
可是为什么，这里的日子，
却像哭泣一般？

望不见黎明啊！
窗外灰暗的天空，
飘洒着无尽的秋雨；
低压的竹梢，
掠过如嘶的微风，
那来自颓败的墙角下的，
是什么声音呢？

黄昏像一件破烂的衣衫，
裸露着寒碜的荒村和远山，
一队送葬的行列，
吹着呜咽的喇叭，
从小巷里穿过，
抬着薄棺，捐着纸幡，
那种低着头袖着手的样子，
莫不是要疾走到世界的边缘？

而夜又是如此的漫长，

　　　如此的寒冷啊！

蜷缩在败絮之中，

望着面前推不开的黑暗，

听雨滴击打着单薄瓦垄的声音，

像是谁在向夜的远行人，

低诉着：一更！

　　　　二更！

　　　　　三更！

　　　　　……………

唉！这不是流泪的日子，

可是为什么，这里的日子

却像哭泣一般?

　　　　　　　一九四四年十二月于渝郊

我的生活，好！好！好！

朋友，来信已经收到！
你问我的生活吗?
我的生活，好！好！好！

我从没有这样快乐而紧张，
也从没有这样抑制不住我的笑，
那时——我正伸出双手
接过了
人民的大学，授课的功课表！

看着那个小同志
已经出门不见了，
许久，许久，
我才笨拙地说出来:
"好！好！好！"

我怎能不笑呢?
我要放声地笑哇!
旧社会二十年的教师生活,
我像蜷伏在寒夜屋檐下,

一只想飞而又飞不起来的鸟！

虽然我也曾
歌唱那海燕和风暴，
把诅咒投给那献媚的云雀，
送走哺育过的一群又一群
扑打着闪光的翎毛，
向宽阔和光明去处
一个个地飞去了，
而我却离不开我的巢，
任生活的腐蚀与戏谑，
鞭挞着自己，
却又为自己解嘲，
也还自鸣着"清高"！

想一想吧！
哪个不是
劳动人民的血汗与勤劳
建筑起来的学校？
而高踞在上、盘踞其中的
却是流氓、恶棍、特务、学阀，
和窃取了人民智慧的强盗！
他们把人类文化知识的花朵，
反转来，作为束缚人民的镣铐！

让小姐、少爷们
　　在里面读书，
　　在里面欢笑，

让地主老爷们的
　门庭一天比一天"荣耀",
而关在学校大门以外的,
是贫苦的工农
和工农的子女弟兄,
学校的建设者,
却再也进不起学校!

二十年的岁月,不算少!
为了教育
我究竟教育了些什么人?
为了温饱,
我又何曾有过温饱?
在迫害与逮捕中,
头发一天天地白了,
生命一天天地衰老!
我教育着他们的孩子,
我的孩子却没人教!
空自理想多么崇高,
而事实
却为统治者服务,
为剥削者效劳!

我的"勤劳",
是为谁勤劳?
我的"清高",
又是怎样的自欺欺人?
可怜又可笑!

二十年的岁月呀!
不能算少!

多少凄凉而又烦躁的夜,
我睡不着觉!
多少眼泪,
洗不掉我的悲痛与苦恼!

今天
我怎能不笑呢?
我要大声地笑哇!

劳动人民的铁锤与镰刀,
粉碎了旧社会几千年的镣铐!
人民用自己的手,
建立了自己的国家,
    自己的大学校;
把一切科学、艺术,
人类的智慧和文化,
都交还给原来的主人了。

我不分昼夜地工作,
我不愿时间空过一分一秒,
唉!假如,一天
有四十八小时该多么好!

我沉浸在工作的怀抱,
我卷入了工作的高潮,

不理会季节的变换，
任时间的飞跃；
就好像猛一抬头似的，
已是满院的石榴花
到处绽开了红色的花苞!

每一朵花是一个微笑，
火焰一般的微笑开满了全校；
每一朵花的当中，
都有一个年轻人的脸，
天真、活泼而又崇高，
像春风里的小草
向着太阳!
眹动着欢乐的睫毛!

我的心全部为光明所照耀!
我的生命像是张饱了的白帆，
驶向一碧万顷的波涛!

工作呀! 学习呀!
一个教育工作者，
首先被教育尤为重要，
在人民的智慧前面，
我仅仅才进了小学校。

工作呀! 学习呀!
为了为工农兵大众
服务得更好，

更重要的是把自己改造。

操场里的红旗高入云霄，
红旗在蓝晶晶的天空下
呼啦啦地飘！
无休止地前进哪！
在毛泽东的旗帜下，
用工作、学习、改造，
从今天奔向明朝！

朋友，
我的生活就是这样：
"好！好！好！"

一九五〇年教师节于华东大学

用和平的力量，推动地球前进

来，签上你的名字吧！
假如你
反对帝国主义的侵略战争，
假如你
愿意保卫世界的永久和平，
那么，来，签上你的名字吧！

难道不应该吗？
希特勒和日本帝国主义者给我们的苦难与灾害，
我们何曾一日忘怀？
八年的全面抗战，
三年多的解放战争，
用多少鲜血和生命，
换来的独立、幸福与和平，
我们不准许任何人破坏！

什么麦克阿瑟、杜鲁门，
谁敢在和平面前，
大胆地撒野、蛮横、耍熊，
就要打掉他叫嚣的门牙，

让他在鼻孔的下面
再来两个黑窟窿!

向战争贩子们示威,
让战争贩子们发抖吧!
用我们曾经掐死日本帝国主义的手,
用我们曾经消灭过阶级敌人的手,
举起我们的笔,
像森林一样!
写上,把我们的名字写上!
让我们把光辉的名字写在纸上,
把唾沫吐在他们的脸上!
让我们用坚硬不屈的笔,
刺破他们的背脊,
揭开他们丑恶的皮;
在他们狰狞的脸、丑恶的皮上,
写上全世界斥骂的言语!

签上你的名字吧!
用你的愤怒和信念,
表示你对和平的誓愿!
给战争贩子一个警告,
给好战者一个颜色看看,
更向那些新的旧的
一干战犯
宣判:
"假如你们敢于劫夺台湾,
你们

将遭遇到六亿人民的铁拳！
和你们的走狗一起完蛋！”

我们反对侵略战争，
但我们却不躲避为反侵略而战！
我们的弟兄，
已布满了全世界，
已达到了人类总数的大半；
我们是和平的堡垒，
横跨欧亚两大洲，
害怕的不是我们，
正是你们这些外强中干
用大话掩饰心虚的战犯！

看一看第一次世界大战，
灭亡与削弱的，
不正是帝国主义你们自己吗？
而新生的苏联
却以巨人的姿态，
在地球上出现，
像一座万丈的高山
站在你们的面前！

再看看第二次世界大战，
灭亡与削弱的，
不正也是帝国主义你们自己吗？
而升起来的
却是东方的新中国，

像太阳一般，光芒四射，
和欧洲的各人民民主国家，
携着手，涌出于地平线！
如果你胆敢发动第三次，
那事实就更为明显：
毁灭的，
将是全部的帝国主义！
而整个的地球，
将完全属于劳动人民！
人类的历史，
将从此走上更新的路程！
这不是预言，
乃是历史发展规律的必然！

如今，在人民民主国家，
像海洋一般，
展开了保卫和平运动的波澜！
签名的笔到处舞动，
签名书，到处飞传，
用不同的文字、不同的语言，
写上不同的名字千千万万！
但意志却只有一个：
"反对侵略战争！
保卫世界和平！
谁先使用原子弹，
谁就是战犯！"

在我们人民的中国，

也正像潮水一般
涌起了响应的呼喊！
从北京、天津到济南，
从上海、南京到武汉，
从广州、重庆到东北，
从乌鲁木齐、兰州到西安，
在所有的祖国边疆和中原，
城市、农村，
工厂、学校，
街头和大路边，
人们从四面八方走拢来，
要把自己的名字签在上面！

工人们，
一面伸出强壮的手，
一面擦着汗！
恐后争先，
把名字排成了一长串，
还写上：
"全世界劳动人民联合起来！
结成个钢铁的阵线，
保卫和平！
反对侵略战！"

农民们，
拿起笔像拿起锄头一般，
认真地，像在地里努力生产！
有的还郑重地

按上个手指模，
依然没忘记自己的老习惯！

老头子，
掏出老花镜
戴在鼻尖，
恭恭敬敬地写着正楷，
年轻的媳妇早已等得不耐烦，
恨不得把老头子挤在一边！
小学生们，
小手够不到笔，
急得只转、只喊，
忽地爬上了桌子，
把歪歪扭扭的名字，
偏要写在最前面！

同时
在帝国主义自己的国度里，
无论纽约、芝加哥、伦敦、荷兰，
也正有拥护和平的人
千千万万，
冲破宪兵的封锁，
警察侦探的捣乱，
召开着"世纪中和平大会"①，

---

① 美国"世纪中和平大会"于一九五〇年五月二十九日在芝加哥开幕，大会旨在促进一种运动，要求禁止原子武器，要求美国与苏联谈判，以便达成和平协议。会议是由著名的教育家、宗教领袖、工会工作者等约四百人发起而召开的。

进行着签名运动和平投票，
向全世界发出
反对战争拥护和平的宣言！

这一切正义的裁判，
一切来自全世界的和平力量，
使战争贩子们，
一个个手忙脚乱，
像老鼠跑过街前，
人人喊打，
人人都要把它砸个稀烂！

来，签上你的名字吧！
假如你
反对侵略的战争！
假如你
愿意保卫世界和平！
来吧，
这地球的一大部分，
已完全属于我们人民！
没有争夺，没有宰割，
没有压迫，没有枷锁，
这里的蓝天下，
飞翔着白色的鸽子，
结队又成群；
这里的大地上，
生产的歌声
充满了工厂和农村；

这里的人民哪，
是如此和平而又幸福地生存！
每个人民，
都是国家的主人！
每个人民，
更都是祖国的近卫军！

不准帝国主义者丝毫的侵略！
不准帝国主义者丝毫的临近！
更不准一切的战犯强盗恶棍
把世界
向野蛮、残忍和愚蠢拖回去一尺一寸！

我们要用千万双劳动生产的手，
把地球改造一新；
我们要用和平的力量，
推动地球前进！

　　　　　　　一九五〇年七月二十日

向北京，颂英雄

一

千万只眼睛，
望着北京！
北京城的红星，
放着光明。

无数的大红旗，
在蓝天里
招展翻飞；
无数的英雄模范，
结成了行排成了队；
从新中国的各方，
来到人民的首都，
在人民领袖毛主席的周围，
开起了全国的英雄会！
从远古到今天，
上下五千年，
这是头一回！

千万只手臂，

不住地挥，

掌声四起像春雷，

向北京，

向毛主席，

向你们全国英雄大聚会！

我们快乐得合不上嘴，

流着眼泪！

你们

劳动模范中的模范劳动者！

你们

英雄时代里的英雄队！

你们

模范里拔出来的模范！

你们

英雄里选出来的英雄！

你们是

英雄模范的代表队！

你们是

中国人民最优秀的儿女！

你们是

毛泽东思想的具体发挥！

你们是

人类的大红花，

开得多么雄壮，

开得多么美，

正如你们开的

美丽而伟大的英雄会！

二

可是，
想起你们当初
下力、受苦，
饥饿、贫穷；
受尽鞭挞、受尽剥削，
受尽奴役、受尽压迫；
被侮辱与损害，
像是一把铁锁，
紧紧锁住生活，
休想抬起头来！

共产党的红旗到处翻飞；
解放军的进军号，
震惊了海角天涯；
像是地震山崩，
千年的铁树开了花！
你们，
好像是没娘的孩子找到了妈，
好像是找到了亲人、找到了家，
革命啊！
参军哪！
挣脱了几千年的封建枷锁，
自己做了主人自己来当家。

有共产党的领导，
有毛泽东思想的指针，
结合了你们的
智慧与创造，
勇敢和勤劳，
以及阶级觉悟的提高，
发挥了革命的英雄主义，
才成为今天的
模范队里的模范！
英雄时代的英雄！

今天，
在新中国的第一个国庆，
在人民的京城，
在人民的领袖
毛主席的周围，
开起了全国英雄的大聚会。

三

我们，
向北京，
心向北京啊！

千万人的心，
像花儿一样，
向北京开放；
千万人的眼睛，

向着北京遥望。

北京啊，我们的北京！
北京有我们的中央！
北京是毛主席住的地方！
北京有全国英雄聚在一堂，
在毛泽东的旗帜下，
英雄团结得像一个人一样，
像群星围绕着月亮，
你们是一齐发光！
又像朵朵的葵花，
向着太阳！
这是新中国最美丽的图画，
这也是新中国蓬勃的气象；
这更是千千万万的
新中国的人民
引为无上光荣的好榜样！
万岁！
我们人民的北京！
我们人民的领袖
毛泽东！

一九五〇年十月一日于山东

鸭绿江上红旗飘

解放的鲜花，
开遍了鸭绿江的两岸，
鸭绿江上，
正红旗飘扬！

鸭绿江，
多么美丽的鸭绿江！
这边是
人民的中国，胜利的歌声
永远歌唱，
那边是
民主的朝鲜正燃起了
解放的火光！

鸭绿江，
多么美丽的鸭绿江！
你曾是被奴役被压迫的东方
革命的一道桥梁；
你是我们两个亲兄弟，
共同的一条臂膀；

谁来侵略我们，
就把谁消灭在战场！

我们
肩并着肩，
手牵着手，
心连着心，
膀靠着膀，
反对美帝侵略者，
我们有无敌的力量！

毛泽东！
金日成！
是两面胜利的大红旗，
永远飘扬在鸭绿江的两岸，
永远飘扬在鸭绿江上，
永远飘扬在世界的东方！

一九五〇年十月二十日

让生命发出声响

——欢送山东大学参加军干校同学

同学们，
　亲爱的同学们！
不，不，
我不应该如此地称呼，
我应该称呼
你们即将得到的
英雄而又光荣的称呼：
祖国的年轻的"战士们"！

不是吗？
明天你们就要
脱下制服，
换上军装；
放下书包，
拿起钢枪；
还要把"中国人民解放军"
七个大字的胸章，
挂在你们的胸膛上。
多么光荣啊！

那不平凡的七个字呀！

每一个字，
都闪耀着胜利的光芒；
每一个字，
都迸发着战斗的声响。

那是
　使敌人，
　　见了它，
　就望影而逃的旗章。

那是
　使侵略者，
　梦里都怕碰到的
　中国人民无敌的武装。

那是，
　为每一个中国人民
　所深深地热爱着
　所注目致敬的勋章。

那是
　为全世界的人民，
　所欢呼歌唱的
　保卫和平的力量。
　而你们，明天，
　就要把它戴在你们的胸上。

你们是祖国最优秀的儿女啊!
你们也是最幸运的青年人啊!

千千万万的青年,
谁不热爱他的祖国和家乡!
千千万万的青年,
谁不想卫国保家
贡献出他的生命和力量!

千千万万的青年,
谁不想在英雄的时代,
名列英雄榜!
千千万万的青年,
谁又不想
响应党的号召,
把自己锻炼得如铁似钢!

千千万万的青年,
谁不想,
像一个巨人
守卫在祖国遥远的边疆!
谁又不想,
像一只雄鹰
在祖国的蓝天里飞翔!

千千万万的青年,
谁不想,

高举着红旗，
骑着战马，
端着钢枪，
把敌人消灭在战场！

千千万万的青年，
谁不想，
乘长风破万里浪，
航行在祖国广阔的海上，
把敌人在海洋里埋葬。

申请书，
像雪片般飞扬；
报名的手，举起来
像森林一样。
可是，
十里挑一，
沙里挑金，
才把你选上！
你真是个祖国优秀的儿女，
而你又是一个最幸运的小伙子呀！
最光荣的任务落在你的身上。

去吧，
同学们，
你们多值得骄傲哇！
无数落选的同学，
正睁着羡慕的眼光，

看着你们勇敢而健壮地
走向你们的哨岗！
他们是衷心地向往，
他们想着有朝一日也能追上。

但是他们，
也以无限的希望，
寄托在你们的身上，
正如你们的父母和师长
分得一分光荣，一分骄傲，
也将以无限的热望，
盼望你们
在祖国的军事教育培养中，
成长得更加坚强，
成为钢铁般的国防力量！
保卫祖国！
保卫边疆！
成为世界和平的
铁壁与铜墙。

去吧，
同学们！
战斗，学习，
学习，战斗；
疆场也是课堂，
课堂也是疆场；
为了做党的好学生，
为了做青年知识分子的好榜样，

为了建设我们强大的国防，
为了让帝国主义不再猖狂，
为了使中华人民共和国的
　五星红旗永远飘扬。

去吧，
同学们，
做人民的空军、海军、
炮兵、坦克手，都一样！
争取成为人民功臣，
争取成为战斗英雄，
把你们的名字，
都列上英雄榜！
把你们光辉勇敢的战斗的事迹，
都写在为全世界人民
争解放的伟大光荣而又不朽的历史上。

去吧，
同学们，
让你的青春生命开出花朵，
　　　　　放射光芒，
　　　　　发出声响！

一九五〇年十二月三十日

向工农兵劳模致敬

——献给山东省工农兵劳模代表

亲爱的工农兵劳模代表，
　　让我们先向你们
　　道一声"辛苦"，问一声"好"！
　　再让我们把心眼里的话
　　向你们报告。
还有那说不尽的热爱，
　　　　最崇高的敬礼，
也在此真诚地献上，
用以慰问你们的劳苦、功高。

亲爱的劳模代表同志们，
想想看，
山东的历史有多少年，
今天的盛会可算得空前！
全山东的英雄好汉，
全山东的劳动模范，
从渤海，
从胶东，
从鲁中南，

从四面八方，
一齐都聚会在人民的济南，
在耀眼的红旗下，
来了个大团圆。

五星的国旗，
　　是如此的光辉灿烂；
金色的灯光，
　　照耀着每一个笑脸；
周围的锦旗，
　　像早晨的云霞一般；
台上的鲜花，
　　开得美丽而又鲜艳；
笑语如潮，
掌声震天，
在高呼着"毛主席万岁"声中
你们一个个走上台来，
报告着
　　你们伟大的英雄业绩，
述说着
　　你们的劳动与创造，
　　以及智慧和勇敢！
相互学习，
交流经验，
是如此的生动而又庄严！

你们述说着，
你们过去

有的扛过活，还要过饭；
有的是贫雇农，
从来不曾把书念。
可是，
有了共产党和毛主席，
就领导着彻底把身翻！
打垮了日本鬼子和反动派，
消灭了几千年的老封建。

你们的力量
是如此的强大而无边！
在党和政府的领导下，
在你们的劳动面前，
真是从来没有过
克服不了的困难。

不是吗？
在你们的面前，
在城市，在矿山，
工厂的烟囱像森林一般，
马达轰响，黑烟直上云天，
"把工厂当战场，把机器当刀枪"，
创造了多少新纪录，
发明了无数的新机件！

在你们的面前：
一路平安，
火车行走十万里的河山，

多少高山峻岭成为一马平川!

在你们的面前:
石头地也要打出井来,
抵抗了天旱;
为了防止水淹,
把无数巨大的水坑,
变成了良田!

在你们的面前:
过去多少人缺吃少穿,
现在成为大囤满、小囤尖;
人人踊跃缴纳公粮,
争着去支援前线!

在你们的面前:
汹涌的黄河,
将再也不敢泛滥,
你们要把千年万年的水患,
变成灌溉的泉源!

你们
给国家增加收入更是无法计算!
你们的力量
是如此的广大与无边!

你们使
男女老幼都积极参加生产,

你们把
群众团结组织得像铁桶一般,
在你们的面前哪!
从来没有过
克服不了的困难。

赵玉英,郑绪然,
张富贵,赵桂兰,
…………
你们到会的全体劳动模范!
你们就标志着胜利!
　　　　　　劳动!
　　　　　　生产!
你们是祖国优秀的儿女,
更是劳动人民的好榜样!

于化虎,王国田,
连你们的名字
都像地雷、手榴弹一般,
爆发着巨大的声响,
使一切敌人,
闻名丧胆!
今天,
你们更都为祖国,
向美帝国主义发出怒吼,
谁胆敢把我们祖国侵犯,
就让他像日本鬼子一样,
完蛋!

亲爱的劳模代表同志们，
让我们做你们的学生，
　　向你们学习；
让我们的笔，
　　像你们的斧头，
　　　　　　镰刀，
　　　　　　地雷，
　　　　　　手榴弹，
　　能够创造，
　　　　生产，
　　　　　　并击退一切帝国主义的侵犯！
让我们的笔，
　　能够刻画你们英雄的形象，
　　在最伟大的时代中，
　　写出最伟大的诗篇！
让我们共同
在伟大的人民领袖
毛主席的领导下，
携手！
并肩！
向前！

亲爱的工农兵劳模代表！
让我们再向你们
道一声"辛苦"，问一声"好"！
为了建设我们伟大的祖国，
为了全世界劳动人民的

永久和平幸福和安全，
祝你们，
永远胜利！
永远康健！

一九五一年二月二十七日

英雄的朝鲜，让我向你高歌

美丽的江山，
　　英雄的国，
胜利的朝鲜，
　　多么欢乐！

满山的红叶，
　　像无数的红旗招展在山坡；
到处的果园，
　　都熟透了芳香的苹果。

到处是舞，
　　到处是歌；
到处是人们打着长鼓，
　　敲着铜锣。

到处的城市，
　　开始了恢复和建设；
到处的田里，
　　都忙着收割。

朝鲜，
美丽的江山，
　英雄的国，
你们怎能不欢乐！

由于你们经历苦难最多，
你们就最懂得胜利的欢乐；
由于你们用生命和鲜血
　保卫了祖国的山河，
你们就更感到
　祖国的统一，一定能够取得！

　你们的欢乐
　是如此的庄严而又深刻！

我看见：
　在清晨的大道上，
　少年的游击队员，
　戴着勋章去上学。

我也看见：
　在深夜的油灯下，
　那辛勤的教育工作者，
　用报纸卷着烟末，
　又急挥着笔
　为学生们批改作业、准备功课。

我看见：

在打谷场
昼夜不停地转着水车，
少女们顶起竹箩
哗笑着走向合作社。

我也看见：
在风雨载途的路上，
老大爷去缴公粮，
须发上凝结着冰霜，
步行赶着牛车，
口里哼着老式的歌。

我看见：
在昔日英雄的阵地，
孩子们席地而坐，
面对着熊熊的篝火
讲述着英雄的故事和传说。

我也看见：
在无数的山岗，
在无数的哨所，
在每一个哨所的窗口，
都有山鹰一样的眼睛
监视着
任何胆敢来犯的侵略者。

我看见：
到处马达飞转，

到处奔驰着六轮大卡车，
到处是忘我的劳动，
到处是辛勤的工作。

你们让铁路和公路
　依然穿山越岭而过；
你们让更多的桥梁
　重新横跨着山河；
从废墟里，
　竖起来烟囱一个又一个；
　填平了弹坑，
　盖起了工人的宿舍
　一座挨着一座。

为了巩固胜利，保证建设，
你们是这样的艰苦卓绝，
有一分光，发一分热，
要和世界上所有热爱和平的人民
　共同走向更美好的生活。

　人民的朝鲜！
　美丽的江山！
　英雄的国！

昨天
　你们为自由独立而战，
今天
　你们为和平建设而歌，

你们的胜利

　　鼓舞了一切争取解放的受难者，

你们的欢乐，

　　把帝国主义的肚皮都给气破，

你们在胜利欢乐中的

　　警惕与建设

更蓄积了无比的力量，

准备统一你们的祖国，

使卖国贼和侵略者

再不敢

　　在人民的朝鲜杀人放火！

民主的朝鲜！

美丽的江山！

英雄的国！

社会主义的大红星

　　照耀着你我，

鸭绿江的两岸，心一个。

请你们接受吧！

从北京

从全中国，

从世界上一切人民的国家

　　伸过来的支援的手

　　和崇高的敬意，真诚的祝贺！

你们将

　　永远和你们的国名一样，

像朝阳，

光芒四射!
像鲜花,
　永开不落!
从今走向更美好的生活!

　　　　　　一九五三年十一月于朝鲜

寄 埃 及

英雄的埃及，亲爱的兄弟！
你——金字塔的国家，
　　　苏伊士运河的主人，
　　　尼罗河的儿女，
我思念你，已非一日。

自从我小小的书包里
还只装着教科书的时期，
金字塔的光辉
就在我的心中升起；
还有那美丽的谜语多么神奇，
多少世纪呀！
谁能猜透了它的意义？
人面和狮身何以联结在一起？

你们智慧的祖先
为人类文化创造了最古的奇迹，
为人们留下了几千年不解的谜，
埃及，我思念你已非一日！

今天，
你们又以不屈的意志，
　　为二十世纪的埃及，
写下了壮丽的、英雄的史诗！
给卑鄙无耻的殖民主义者的妄想，
以迎头痛击。

埃及，光荣的兄弟，
全世界的耳朵倾听着你，
全世界的眼睛注视着你，
全世界爱好和平人民的心
今天
对你，谁不思念？

金字塔高入云天
兀立在咆哮的尼罗河岸，
狮身人面的谜语
已成为英雄的战斗誓言。

苏伊士运河，是埃及人民的血汗，
铁案如山；
埃及收回自己的财产主权，
谁敢阻拦？
宁可流尽最后的一滴血，
埃及的荣誉和尊严
绝不能受到丝毫的侵犯！

殖民主义者的日历

早已被撕去了最后的一页，

帝国主义"吃人的宴席"，

已为人民的铁拳掀翻；

一切的旧阴谋和新花样，

都已为人民所揭穿；

一切的侵略军，必须撤出埃及，

没有任何条件！

光荣的兄弟，

英雄的人民，

今天，我向你倾吐衷曲，

我思念你，已非一日！

一九五六年十一月

迎佳节，思北京

每逢佳节倍思京！
北京——是红色的京城，
永不消逝的革命精神，
通向全世界革命者的心灵。

自从一双巨手
把五星红旗升入蓝色的天空，
自从声音有如雷霆
宣告了新中国的诞生。

奋斗哇！与天，与地，与人！
社会主义革命大红旗，
漫卷万里长风，
六亿神州遍地红！

斗争啊！
与各式各样的反动派斗争。
五洲震荡，四海翻腾，
一切的害人虫，
都面临着落叶西风。

北京——革命者的北斗星，
多少人向你睁着渴望的眼睛，
多少人呼唤着你，
像叫着亲人的姓名！
多少人听到你的声音，
便意气昂扬，热血沸腾，
浑身是胆，力大无穷。

今天，祖国无数优秀儿女
向你汇报成绩，倾吐忠诚，
投到你的怀抱之中。
无数反霸反殖的英雄，
从万里的云程，带来珍贵的友情。

十里长街，
宾至如归，摩肩接踵；
天安门前，
车如流水，队伍如龙！

亲密的战友，
阶级的弟兄，
团结得像一个人，
革命的脚步永不停；
让战鼓与战歌齐鸣，
大合唱响彻万里长空。

人民的江山谁敢碰一碰？

想侵占一草一木，也是不行！

十月一日年年庆佳节，
谁不思念革命的北京？
这革命者的京城！

一九六二年十月

致科技朋友

敬礼，我的科技朋友！
你们是社会主义的技术大军，
祖国四化的先行和尖兵，
粉碎了"四人帮"的铁锁，
又为人民敞开了知识的大门。

大地春回，繁花似锦！
你们正为祖国的现代化，
　　展翅飞腾，
　　迅猛前进！
受到人民空前的尊重与热烈的欢迎。

实验室灯火通明，
联结着全世界的雷电风云。
我们的地球卫星，正在宇宙飞行，
《东方红》的乐曲，响彻着太空。
跨科学的高山，
翻技术的峻岭，
　　以最高的速度，
　　向着人类科学的顶峰飞奔，

推动着地球前进！

向你们致敬啊！
尽管在前进当中困难重重，
不如你们的意志，无比坚定；
尽管敌人的诡计横生，
怎敌得你们眼亮心明，
　　又专又红，
　　越斗越勇。
"我们的目的一定要达到，
我们的目的一定能够达到。"
这个真理像太阳一样
无比光辉，无比鲜明，无比永恒。

虽然你们并非背生双翅，
你们却都是摘星、揽月的英雄！
虽然你们并非神话里的人物，
但你们却比所谓神仙更有本领。

　　"唤雨呼风"，
　　"伏虎降龙"，
你们正是那"特殊材料所制成"；
上穷碧落下黄泉，
把宇宙的奥秘，
掌握在人们的手中，
使四个现代化早日完成。

当然，前进的道路也坎坷不平，

一往直前，却难以一帆风顺。

艰苦的钻研与辛勤的劳动，

失败也往往多于成功。

但是，人民的科技为人民，

你的背后，是亿万的无产阶级大军。

不畏险阻，坚持到底，

苦战能得胜。

凭对党的无限忠诚和学习

就使重重困难甘拜下风。

中国原是人类科学的故乡，

四大发明，在人类文化史上

早已建立了不朽的功勋。

今天，在党的领导下，

科技大进军，

是空前的壮举，

是亿万人民攀登科技的最高峰。

为了社会主义祖国的四化，

为了保卫我们的无产阶级专政，

让我再猛擂一通战鼓吧！

在进行新的长征中，

我们共同

高歌猛进！

高歌猛进！

一九七八年二月

题远方寄来的萧红卡片

在这里，
请允许我
叫您一声乡亲吧！

您呼兰河的女儿，
　《生死场》的作者，
　　萧红啊！

不是吗？
黑龙江的冰天雪地，
风雨如晦，
也哺育了我，成人长大，
而我们失去了它，
却在同一个一夜之间，
　　黎明之前
　　大雾弥天！

但我没有您那支彩笔，
描绘出家乡的人们
　死得多么无辜而悲凉，

生得那么英雄又刚强。

当抗战的烽火，
燃烧到祖国的中原，
我们也曾相逢
　　在一个壕堑。

端着我们的刀枪，
把我们的生命推进枪膛，
听人民的命令，
对准敌人，
共同射击着悲愤的子弹！
　　为了打回老家去，
　　　　我们匆匆相聚；
为了收复国土，
　　我们又匆匆分别。

黄鹤楼头一杯酒，
　　道声：珍重啊！
从此，天各一方
断了消息！

传闻苦难与疾病一直纠缠，
不幸，最后夺去了您的青春生命！
不是家乡人也泪落如雨，
恸断了肝肠！

我凝望着远方的云影天光，

日夜隔着大海而哀歌，

无尽的悲伤和思念哪，

　天苍苍，海茫茫。

萧红啊！您又不幸埋骨于何方？

尽管您生前的歌

益为嘹亮，笛声悠扬，

仍在人间不息地绕梁。

如今四海为家日，

到处都是家乡，

沐浴着祖国的阳光，

您的理想披着彩羽到处翱翔，

如同您当年的裙裾迎风飞扬。

在亿万人民的歌声里，

您那心灵的光芒同祖国的朝霞一样，

弥漫在黑龙江上。

　　　　　　一九八三年一月